Analyse de l'œuvre

Par Candice Kent

Silas Marner

George Eliot

lePetitLittéraire.fr

Analyse de l'œuvre

Par Candice Kent

Silas Marner

George Eliot

Rendez-vous sur lepetitlitteraire.fr et découvrez :

Plus de 1200 analyses
Claires et synthétiques
Téléchargeables en 30 secondes
À imprimer chez soi

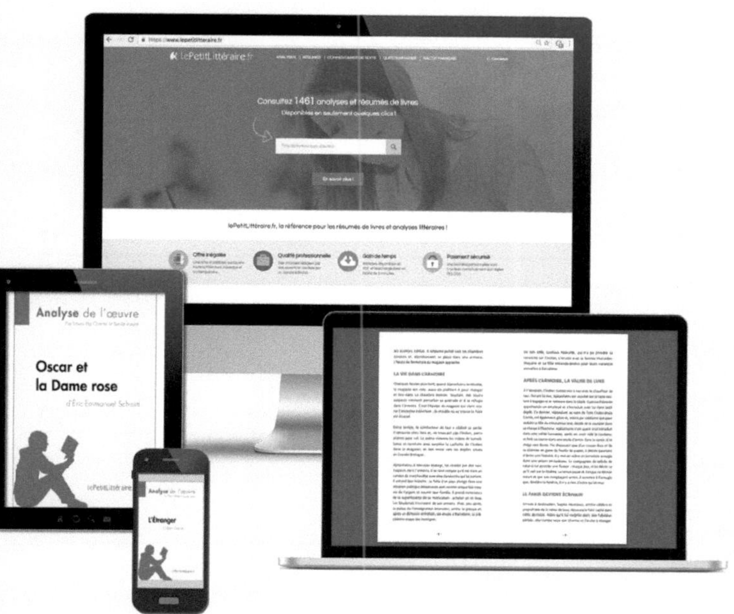

GEORGE ELIOT

ROMANCIER ANGLAIS

- **Né à Nuneaton en 1819.**
- **Décédé à Londres en 1880.**
- **Travaux notables :**
  - *Adam Bede* (1859), roman
  - *Le Moulin sur la soie* (1860), roman
  - *Middlemarch* (1871), roman

George Eliot est le nom de plume de Mary Anne Evans. L'auteur a passé son enfance dans le Warwickshire, où son père était employé comme administrateur de biens. Dans sa vingtaine, elle commence à fréquenter les libres penseurs et traduit la *Vie de Jésus* de Strauss (1846), un ouvrage qui suscite la controverse en niant l'existence de nombreux miracles relatés dans le Nouveau Testament. Après la mort de son père, elle s'installe à Londres, où elle publie la *Westminster Review* et fréquente des penseurs radicaux. Evans scandalise le Londres littéraire en vivant ouvertement avec le journaliste marié George Henry Lewes, jusqu'à la mort de ce dernier en 1878.

Avec les encouragements de Lewes, Evans se tourne vers la fiction à l'âge de 37 ans et son premier roman, *Adam Bede* (1859), devient immédiatement un best-seller. Il est suivi de cinq romans qui témoignent de l'évolution de son talent, lequel atteint son apogée dans son chef-d'œuvre, *Middlemarch* (1871), considéré par de nombreux critiques comme l'un des plus grands romans de langue anglaise jamais écrits, et un sommet du réalisme littéraire. L'œuvre d'Evans est également célèbre pour ses portraits psychologiques perspicaces et pour son exploration des motifs qui animent les gens.

jamais écrits, et un sommet du réalisme littéraire. L'œuvre d'Evans est également célèbre pour ses portraits psychologiques perspicaces et pour son exploration des motifs qui animent les gens.

SILAS MARNER

ROMAN RÉALISTE

- **Genre :** roman
- **Edition de référence :** Eliot, G. (2017) *Silas Marner.* Oxford : Oxford University Press.
- **1ère édition :** 1861
- **Thèmes :** réalisme, marginaux, paternité, communauté, leçons de morale

Le troisième roman de George Eliot, *Silas Marner*, raconte l'histoire de son protagoniste éponyme. Silas Marner, le tisserand de Raveloe, n'est pas originaire du village, et ses origines étrangères dans une ville du nord, ainsi que l'étrangeté de son apparence et de son caractère, font de lui l'archétype de l'étranger. L'histoire de Silas se déroule parallèlement à celle de Godfrey Cass, fils aîné du châtelain local. Les deux hommes sont liés lorsque Silas découvre un petit enfant aux cheveux d'or dans son cottage. Le choix que chaque homme fait par rapport à cet enfant a des conséquences importantes pour leur avenir. Eliot est célébré comme l'un des plus grands, sinon le plus grand, des écrivains réalistes du XIXe siècle, et *Silas Marner rend* justice à cette affirmation par la complexité de ses personnages et l'attention qu'il porte aux vies ordinaires. Outre ses réalisations réalistes, le roman présente également des éléments de la forme de la parabole dans son illustration des leçons morales, l'invraisemblance de certains éléments du récit et sa brièveté relative. Le roman fait moins de la moitié de la longueur des deux romans précédents d'Eliot, *Adam Bede* et The *Mill on the Floss*.

RÉSUMÉ

OUTSIDER

Silas Marner se déroule au début du 18e siècle. Le protagoniste, l'éponyme Silas Marner, est un tisserand qui s'installe dans le village rural fictif de Raveloe. Il vit en marge de la société. Son travail est nécessaire et apprécié pour sa qualité ; cependant, Silas est considéré avec suspicion par les rustiques. En tant qu'étranger à la région, il est automatiquement considéré avec méfiance. Cette méfiance est aggravée par son association avec un métier à tisser peu familier et par son apparence malsaine qui contraste fortement avec la robustesse des hommes de la campagne.

Silas est originaire d'une ville non nommée du nord de l'Angleterre. Jeune homme, il est profondément impliqué dans une secte religieuse dissidente, appelée la communauté Lantern Yard. Silas connaît des états de transe occasionnels, que lui et les autres appellent des crises. Dans ces états, il perd conscience et se fige. Lorsqu'il se réveille, il ne se souvient de rien pendant la durée de la crise. Le diacre principal de l'église tombe très malade et les frères se relaient pour s'asseoir avec lui. Silas a une de ses crises alors qu'il surveille le diacre, et les fonds de l'église sont volés dans la chambre.

Silas est accusé du vol. L'église a une méthode pour déterminer la culpabilité qui consiste à tirer au sort. Silas est reconnu coupable et est expulsé. Bien que ce ne soit jamais explicitement dit, il y a des indices convaincants que l'ami le plus proche de Silas, William Dane, l'a piégé. Cela est fortement suggéré lorsque la fiancée de Silas rompt leurs fiançailles et se fiance peu après à William. Cette trahison et l'injustice de son « procès » laissent Silas amer et peu enclin à interagir avec d'autres personnes.

Il part et voyage vers le sud. À son arrivée à Raveloe, Silas ne fait aucune tentative pour s'intégrer aux habitants du village. Il s'immerge dans son travail et s'arrache l'argent qu'il gagne. Peu à peu, il en vient à aimer l'argent pour lui-même, et son seul plaisir est de compter les pièces d'or.

ASSIMILATION

Godfrey Cass, le fils aîné du châtelain local, s'est marié en secret avec une femme d'un village voisin. Godfrey a honte de sa femme, qui est accro à l'opium. Il s'efforce de la cacher, ainsi que leur enfant, à son père. Leur secret est menacé par le jeune frère sans scrupule de Godfrey, Dunstan, qui le fait chanter. Dans un effort pour trouver de l'argent, Godfrey donne à Dunstan son précieux cheval pour le vendre à une foire. Cependant, Dunstan, incapable de résister à la tentation de participer à une course, fait en sorte que le cheval soit gravement blessé et doive être abattu. Alors qu'il rentre chez lui en état d'ébriété, Dunstan tombe sur le cottage inoccupé et déverrouillé de Silas. Il entre et, découvrant l'or, disparaît avec. À son retour, Silas, qui n'est sorti que pour un court instant, est dévasté en découvrant qu'il a été volé. Son malheur suscite le soutien de la communauté, et les villageois de Raveloe commencent à le regarder d'un œil moins hostile.

Le châtelain Cass organise un bal la veille du Nouvel An. Déterminée à annoncer son existence au châtelain, la femme de Godfrey se rend à la maison à pied, dans le froid et le brouillard, en portant son jeune enfant. Alors qu'elle se repose au bord des puits de pierre, près de la chaumière de Silas, elle prend une bouffée d'opium et sombre dans l'inconscience. Sa petite fille se glisse dans la chaumière de Silas et s'endort au coin du feu. Silas est myope, aussi lorsqu'il voit les boucles dorées de l'enfant, il pense d'abord que son argent lui a été rendu. Silas s'éprend rapidement de l'enfant et est déterminé à la garder et à l'élever lui-même.

Godfrey est soulagé de la mort de sa femme. Il aime Nancy Lammeter, qui a des principes, et craint qu'un obstacle n'empêche son mariage avec elle. Il décide donc de ne pas déclarer l'enfant comme étant le sien et décide plutôt de soutenir Silas autant que possible.

CONSÉQUENCES

Silas nomme la petite fille Eppie, comme sa mère et sa sœur. Il se lie d'amitié avec Dolly Winthrop, qui l'instruit et l'aide à élever l'enfant. Dolly encourage Silas à aller à l'église, et il s'y plie car il est persuadé que c'est dans l'intérêt de l'enfant. Silas raconte à Dolly sa première expérience avec la communauté de Lantern Yard, et tous deux réfléchissent à la méthode de tirage au sort pour établir la culpabilité. Dolly lui assure que ce n'est pas une pratique à laquelle l'église de Raveloe adhère.

Les villageois sont impressionnés par sa volonté d'accueillir une orpheline et de l'élever comme son propre enfant. Peu à peu, Silas s'intègre à la communauté locale. Il a la satisfaction et la récompense de voir sa fille grandir. Au bout de 16 ans, Silas est devenu un père heureux qui entretient une relation étroite avec sa fille. Le fils de Dolly, Aaron, souhaite épouser Eppie et accepte qu'ils vivent ensemble avec Silas.

Godfrey a épousé Nancy Lammeter. Cependant, malgré tous ses efforts pour être bonne et productive, Nancy ne se sent pas satisfaite de son mariage sans enfant. Godfrey en est conscient et ressent lui-même une insatisfaction similaire. Lorsque le corps de Dunstan est retrouvé dans un puits de pierre asséché, et avec lui l'or de Silas, il devient évident qu'après avoir commis le vol, Dunstan a trébuché dans l'eau, ivre, et s'est noyé. Godfrey est choqué et honteux de découvrir que son frère est le voleur. Craignant que la vérité sur la filiation d'Eppie n'apparaisse à un moment donné, Godfrey avoue tout à Nancy. Celle-ci regrette de ne pas l'avoir su plus tôt afin de pouvoir élever l'enfant et d'être une mère pour elle. Le couple rend visite à Silas et propose à Eppie de vivre avec eux. Elle refuse, soulignant qu'elle est heureuse de la vie simple à laquelle elle est habituée et qu'elle est fiancée à un garçon du coin. Lorsque Godfrey révèle sa filiation, elle insiste sur le fait que Silas l'a adoptée lorsqu'elle était enfant et l'a élevée, et qu'il est donc son véritable père. Godfrey et Nancy se retirent, gardant le secret pour eux. Le roman se termine par le mariage d'Eppie et d'Aron.

ÉTUDE DE CARACTÈRE

SILAS MARNER

Lorsque le roman commence, Silas Marner, le personnage principal, vit près du village de Raveloe depuis 15 ans. Nous apprenons que sa maison d'origine se trouve dans une ville au nord et que, dans sa jeunesse, il était un membre enthousiaste d'une communauté dissidente. Silas est accusé d'avoir volé les fonds de la communauté par son ami le plus proche, William Dane, et il est reconnu coupable par la communauté par tirage au sort. L'injustice et la trahison rendent Silas amer et il part.

À Raveloe, Silas est considéré avec la méfiance que l'on accorde à tous les étrangers. Cette méfiance est exacerbée lorsque Silas ne fait aucune tentative pour s'intégrer à la communauté. Silas est voûté, comme tous les tisserands de l'époque, à cause des heures passées assis sur le métier à tisser. Sa posture et son expression sont le reflet physique de sa distorsion psychologique, causée par la solitude et le sentiment d'exclusion de l'humanité commune. Silas est, en particulier, un archétype de l'étranger, de l'individu qui est aliéné de sa société et donc de la compagnie de ses semblables.

En adoptant et en élevant un enfant orphelin, Silas reprend contact avec sa propre humanité et avec la société.

DOLLY WINTHROP

La femme du charron, Dolly, est une femme consciencieuse et dévouée. Elle se lève tôt et travaille si dur qu'elle a souvent du mal à trouver une activité à laquelle se consacrer. C'est une personne douce, patiente et sérieuse, et les villageois se tournent vers elle lorsqu'ils ont besoin de soutien et de soins dans les moments difficiles.

Lorsque l'or de Silas est volé, Dolly lui rend visite avec son petit garçon Aaron et lui apporte une assiette de gâteaux. Dolly aide et conseille Silas pour élever Eppie, et l'incite gentiment à aller à l'église, lui expliquant qu'il y trouvera du réconfort pour les difficultés de la vie.

GODFREY CASS

Godfrey est le fils aîné, bon vivant et bien intentionné, du châtelain local. Son sens moral est cependant influencé par l'influence de son jeune frère réprouvé, Dunstan. Au début du roman, Godfrey a épousé une femme de la région, Molly, qui est accro à l'opium. Il est probable que, ayant découvert qu'il avait mis Molly enceinte, il l'a épousée par compassion. Godfrey n'a pas le courage ni la force de volonté de dire à son père qu'il s'est marié et en est donc réduit à faire chanter Dunstan et à soudoyer Molly pour qu'elle se taise. Il a honte de cette alliance et est soulagé par la mort de Molly. Il révèle encore sa faiblesse et sa tendance à l'action intéressée en ne réclamant pas sa fille. Il le fait pour éviter la disgrâce, mais aussi pour ne pas perdre Nancy, qui a un sens moral aigu et une aversion pour les inconvenances de toutes sortes.

Godfrey compense en apportant un soutien financier à Silas chaque fois qu'il le peut.

Alors que les années passent et que le mariage de Godfrey reste sans enfant, il ressent de plus en plus fortement le désir de réclamer sa fille, Eppie, qui a été admirablement élevée par Silas. Après avoir gardé le secret sur sa relation avec Eppie pendant des années, il révèle finalement la vérité à Nancy. Le couple offre un foyer à Eppie. Cependant, lorsque Eppie rejette Godfrey comme père en faveur de Silas, il est contraint d'accepter les conséquences de ses choix antérieurs. Cette expérience renforce sa détermination à agir ouvertement et résolument à l'avenir.

DUNSTAN CASS

Le deuxième fils du châtelain, Dunstan, est un jeune homme dissolu et rancunier. Ce n'est pas un personnage rond, en ce sens que nous ne voyons jamais en lui de bonnes ou d'équilibrantes qualités, et que nous ne recevons pas non plus d'explications sur les raisons de son caractère. Dunstan joue deux rôles dans le roman. Le premier est une influence négative sur Godfrey, ce qui sert à illustrer le caractère irrésolu de Godfrey. Le second est de voler l'or de Silas. Il s'agit d'un acte particulièrement laid car Dunstan est le fils oisif d'un homme riche, alors que le laborieux Silas a des origines modestes.

NANCY LAMMETER

Nancy est la fille d'un propriétaire terrien local respecté. Elle a un bon caractère, est travailleuse et a des principes, avec un fort sens éthique. Nancy épouse Godfrey, mais le mariage reste sans enfant, ce qui la laisse insatisfaite. Bien que Godfrey la traite avec amour et respect, elle sent que lui aussi est insatisfait. Nancy est conservatrice de nature et est particulièrement consternée par tout ce qui peut menacer la réputation de la famille, comme c'est le cas lorsque le corps noyé de Dunstan est découvert et qu'il est identifié comme un voleur. Lorsque Godfrey lui révèle la filiation d'Eppie, elle insiste pour que cela reste un secret pour la communauté. Cependant, elle souhaite également que la vérité lui soit révélée beaucoup plus tôt afin qu'elle puisse être une mère pour Eppie, et elle se montre attentionnée et généreuse dans son comportement envers Eppie.

EPPIE MARNER

Enfant, les boucles d'or d'Eppie sont confondues par le myope Silas avec son trésor d'or retrouvé. En fait, Eppie s'avère être de l'or dans la vie de Silas, au sens métaphorique du terme. S'occuper d'elle fait revivre son humanité enfouie, et son souci de son bien-être la pousse à s'intégrer à la communauté de Raveloe. Elle grandit et devient une jeune femme heureuse, aimée de tous. Elle démontre son sens moral et sa force lorsqu'elle refuse l'offre de la famille Cass de l'accueillir dans leur riche demeure et choisit de rester dans la communauté dans laquelle elle a grandi. Elle réalise également que Silas, qui s'est occupé d'elle, est son véritable père et qu'il a plus de droits sur elle que son père biologique, Godfrey.

ANALYSE

NARRATION

Lorsqu'un auteur raconte une histoire, il doit choisir un point de vue à partir duquel le récit des événements et la description des personnages sont donnés. C'est ce qu'on appelle le mode de narration de l'œuvre de fiction et c'est l'un des facteurs clés à prendre en compte dans l'analyse d'un roman. Les modes de narration les plus couramment utilisés sont la narration à la troisième personne et la narration à la première personne.

Dans *Silas Marner,* George Eliot utilise un narrateur à la troisième personne. Contrairement à un narrateur à la première personne, ce type de narrateur est extérieur à l'histoire. Dans un récit à la première personne, le locuteur se réfère à lui-même en tant que « je » et participe aux événements relatés, bien que ce ne soit que dans une très faible mesure en écoutant le récit donné par l'un des personnages.

Le narrateur à la troisième personne d'Eliot est omniscient. Selon la convention, un narrateur omniscient possède toutes les connaissances nécessaires sur les événements du roman, contrairement au narrateur limité de la première personne.

Le narrateur omniscient à la troisième personne est également au courant des processus mentaux et émotionnels des personnages, contrairement au narrateur limité à la première personne. Ainsi, le narrateur de *Silas Marner* nous donne accès aux pensées et aux sentiments des personnages. Ce narrateur est également intrusif parce qu'il ne se limite pas à un simple compte rendu, mais nous guide dans notre évaluation des motivations des personnages, de leurs perspectives sur la vie et de leurs qualités personnelles. Le livre se compose d'une série de scènes qui nous présentent les personnages, nous permettant de nous familiariser avec eux et avec leurs relations mutuelles. Le narrateur d'Eliot utilise les événements et les personnages comme point de départ d'observations plus générales sur la vie. Cela est évident dès le début, lorsque le narrateur ouvre le roman par un paragraphe de réflexion générale sur la tendance des campagnards de l'époque à considérer les étrangers, et en particulier les tisserands, avec suspicion. Dans le deuxième paragraphe, le narrateur se concentre ensuite sur le cas spécifique de Silas Marner. Typiquement, et selon la convention, le récit et les jugements du narrateur omniscient sont acceptés comme faisant autorité.

CARACTÉRISATION

Le lecteur peut déduire la nature morale, l'intelligence et d'autres qualités personnelles d'un personnage à partir de son dialogue et de ses actions. Par exemple, le caractère irrésolu de Godfrey est révélé lorsque nous le rencontrons pour la première fois lors d'une dispute avec son frère maître chanteur Dunstan. Dans un accès de colère, Godfrey menace d'informer lui-même son père de son mariage secret, mais dans le temps qu'il faut à Dunstan pour boire une pression d'ale, il perd sa détermination. En termes critiques, cette méthode de caractérisation est appelée « montrer » ou « dramatiser ».

Eliot utilise également une autre méthode de caractérisation appelée « telling » lorsque son narrateur s'immisce dans l'histoire pour décrire les motivations et les inclinations des personnages, et parfois aussi pour donner des conseils sur les jugements du lecteur. Ainsi, le narrateur intervient fréquemment et utilise son autorité de narrateur omniscient pour nous inviter à réfléchir sur les mondes intérieurs ou sur les réalités extérieures qui encadrent les personnages, afin que nous ne soyons pas trop sévères dans notre évaluation d'eux. Par exemple, le narrateur adopte la voix de l'opinion générale de la communauté lorsqu'il réfléchit sur les personnages de Dunstan et Godfrey et sur la négligence de leur père qui les a laissés oisifs.

Dans l'ensemble, la caractérisation complexe d'Eliot garantit qu'il n'y a pas de personnages purement bons ou mauvais, ni de héros ou de méchants sans nuances. Godfrey est indécis et immature, mais il comprend ses défauts et, à la fin du roman, il est capable de mener une existence plus disciplinée et plus ouverte. En outre, les personnages principaux ne sont pas les seuls à être multidimensionnels. Par exemple, les hommes de Raveloe sont montrés en train de discuter à l'auberge Rainbow, illustrant leurs différentes faiblesses et forces de caractère.

Le personnage de Silas Marner peut être compris comme un archétype de l'outsider. Un archétype littéraire est un événement, un personnage ou une image qui revient dans la littérature et dont la portée est universelle. Silas est un étranger lorsqu'il arrive à Raveloe et ne partage pas de passé commun avec les habitants du village. Il diffère également d'eux par son apparence. Les habitants de la campagne sont robustes, contrairement à Silas, dont les formes sont courbées par les heures passées sur le métier à tisser. Il est donc physiquement et psychologiquement étranger, et cette différence initiale est exacerbée par le fait qu'il ne tente pas d'améliorer la situation par des avances sociables.

RÉALISME

Silas Marner est un exemple très abouti de réalisme littéraire. Ce mode romanesque a atteint son apogée au XIXe siècle, bien que ses origines remontent aux premières formes du roman au début du XVIIIe siècle, dans les écrits de Daniel Defoe. Alors que la fiction romantique dépeint la vie de manière idéaliste, par exemple avec des paysages d'une beauté exagérée, des aventures passionnantes et des actes d'héroïsme extraordinaire, le réalisme vise à représenter l'existence telle qu'elle est réellement et non comme une fantaisie élaborée.

Le cadre de Raveloe et de ses environs n'est pas exotique, mais plutôt local et facilement reconnaissable. Le cottage de Silas n'est pas un château, et Silas n'est pas un prince. Le roman ne se concentre pas sur l'aristocratie. Ce sont les membres les plus pauvres de la classe ouvrière qui sont étroitement caractérisés, comme Silas le tisserand et Dolly Winthrop, la femme du charron. Le roman se concentre également, dans une certaine mesure, sur les classes propriétaires plus aisées de la région, telles que les Casse et les Lammeters, mais ces personnes sont néanmoins reconnaissables comme ordinaires.

Silas, le protagoniste, n'existe pas en tant qu'individu isolé, malgré ses tentatives en ce sens; il est plutôt contenu dans une structure sociale et interagit avec une myriade de personnages. En fin de compte, c'est ce lien avec les autres, en particulier avec Eppie et Dolly, et son intégration progressive dans la communauté au sens large qui le sauvent de son déclin vers une avarice aigrie et une folie probable.

Certains éléments de l'intrigue de *Silas Marner*, bien que possibles, ne sont pas particulièrement plausibles, par exemple le fait qu'Eppie échappe fortuitement à la mort en rampant dans la chaumière de Silas, au lieu de geler avec sa mère. Le réalisme de *Silas Marner* est donc mêlé à des éléments de la parabole, une forme de fiction courte qui contient une leçon morale. Les histoires de Silas et de Godefroid illustrent des leçons, dans le cas de Silas, la valeur de l'attention portée à autrui et de l'appartenance à une communauté, et dans le cas de Godefroid, les conséquences de l'absence d'action décisive par principe.

POURSUITE DE LA RÉFLEXION

QUELQUES QUESTIONS À MÉDITER...

- Comment Eliot obtient-il l'effet de réalisme ?
- De quelles manières ce roman s'écarte-t-il des conventions du réalisme ?
- Choisissez un personnage du roman. Quelles techniques Eliot utilise-t-il pour les caractériser ?
- Y a-t-il une ou plusieurs leçons morales, implicites ou explicites, dans ce roman ?
- Quelles méthodes narratives Eliot utilise-t-il ?
- Quels effets l'auteur obtient-il avec les différentes méthodes de narration, et quelles sont leurs forces et leurs limites respectives ?
- Quels éléments du roman appartiennent au genre de la parabole ?
- Qu'est-ce qu'un archétype littéraire ? Identifiez un ou plusieurs archétypes dans ce roman.

AUTRES LECTURES

ÉDITION DE RÉFÉRENCE

- Eliot, G. (2017) *Silas Marner.* Oxford : Oxford University Press.

ÉTUDES DE RÉFÉRENCE

- Abrams, M. H. (1999) *A Glossary of Literary Terms.* Fort Worth : Harcourt Brace.

SOURCES SUPPLÉMENTAIRES

- Hughes, K. (1999) *George Eliot: The Last Victorian.* Londres : Fourth Estate.

Votre avis nous intéresse !
Laissez un commentaire sur le site de votre librairie en ligne
et partagez vos coups de cœur sur les réseaux sociaux !

lePetitLittéraire.fr

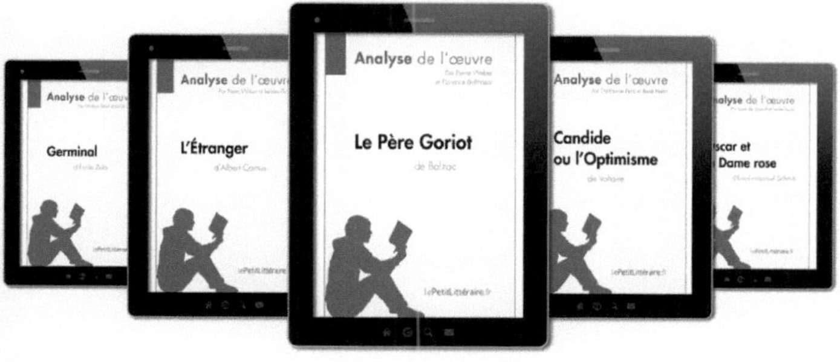

- des analyses de livres
- des fiches de lectures
- des commentaires littéraires
- des questionnaires de lecture
- des résumés

**Retrouvez
notre offre complète sur
lePetitLittéraire.fr**

www.lepetitlitteraire.fr

ISBN version numérique : 9782808684071
ISBN version papier : 9782808684873
Dépôt légal : D/2023/12603/987

Conception numérique : Primento,
le partenaire numérique des éditeurs.